Sílabas del ensueno

Poemas

Sílabas del ensueño
Poemas

Dagoberto Guerra Yepes

A, los poetas mayores: Dios Padre y Dios Hijo

A, mi esposa e hijos

A, mi madre y hermanos

A, Josué, la bendición que canta.

Unas palabras

Sílabas del ensueño, son poemas construidos desde el imaginario poético a partir de aquellos elementos que configuran la realidad próxima.

De allí, que los 60 poemas estructurados en **Sílabas del ensueño,** estén habitados por elementos que el lector podrá reconocer de alguna manera desde su vivencia, pues ese es el papel de la realidad, suministrar generosamente elementos narrativos o poéticos a quien ha hecho en gran medida, una escuela del mirar y escuchar aquello que otros no perciben, logrando con ello, construir un puente para el asombro.

En Sílabas del ensueño, el lector encontrará una forma de establecer un diálogo entre lo conocido e imaginado. Un diálogo posibilitado gracias a Dios por su luz, que ilumina el territorio donde el poeta en humildad puede capturar el lenguaje, ese que posibilita el poner en escena el poema.

El autor.

Contenido

Unas palabras... 7

I... 11

II 12

III 13

IV.. 14

V.. 15

VI... 16

VII.. 17

VIII... 18

IX... 19

X.. 20

XI... 21

XII.. 22

XIII... 23

XIV... 24

XV.. 25

XVI... 26

XVII.. 27

XVIII... 28

XIX... 29

XX.. 30

XXI... 31

XXII.. 32

XXIII..33

XXIV..34

XXV..35

XXVI..36

XXVII..37

XXVIII..38

XXIX..39

XXX..40

XXXI..41

XXXII..42

XXXIII..43

XXXIV..44

XXXV..45

XXXVI..46

XXXVII..47

XXXVIII..48

XXXIX..49

XL..50

XLI..51

XLII..52

XLIII..53

XLIV..54

XLV..55

XLVI...56

XLVII...57

XLVIII...58

XLIX...59

L..60

LI...61

LII..62

LIII...63

LIV...64

LV..65

LVI...66

LVII..67

LVIII...68

LIX...69

LX..70

I

Altas calles
Agitadas
banderas
Torres que incendian
los ojos.

II

No es el alba
Y los gallos lanzan
redondas canciones
al viento.

III

Baja el guerrero
en la noche
Y la luna viste de estrellas
la espada.

IV

Crecen árboles
como ojos en la luz
El viento
infla pájaros
en las ramas
de la noche.

V

Sobre el espejo
como un río de aceite
Cae el cristal
de la risa.

VI

¡Selva
virgen dimensión del silencio!
¡Antorcha
de mariposas!

VII

¡Plano angelical
de la música!
¡Montaña
de azules versos!
¡Trueno
Que ilumina los recuerdos!

VIII

A lo lejos
Arden las colinas
en los campos
olvidados
Un barco pasa
en un sueño de seda.

IX

Las voces cantan
y la casa crece
con alas y lirios
Noche
de alas blancas
Vuelo de pájaros.

X

Galope de caballos
¡Línea azul de montañas!
¡Temblor
de mariposas!

XI

En el estante
El libro
suelta
Sus estrellas.

XII

Llenas de luz
Una caravana
de palabras
Son el canto
de un hombre.

XIII

Cenizas
Tierra
de los bosques
incendiados.

XIV

A cada paso
Al hombre
se le crecía
la casa.

XV

Nubes
Brazos de la noche
Silencio
de querencias.

XVI

En el latir del tiempo
En la blanca canción
Hay un dulce silbo
Un dulce
Encuentro
Lejos del abismo.

XVII

Mineros
Betas
del llanto
Hierro
adentro.

XVIII

En la alta
torre
del viento
Una alondra
perfuma
canciones.

XIX

Relámpagos
de la voz
Truenos
de la lucida
memoria.

XX

El viento
es una curva
En los bosques
quebrados.

XXI

Palidece la rosa
donde la ira
guarda el cuchillo
Sólo el viento
desteje mariposas
en las espinas.

XXII

Abatida
En solitario
llanto
deja el hombre
la rosa
Para hablar
en la oscuridad.

XXIII

En oscuros
abismos
se baña el mundo
La esperanza
es un himno
En el vuelo
de la paloma.

XXIV

Duerme el viento
en los helechos
Que llenan
la mirada.

XXV

Oscurece
y el hombre
no se asombra
En su interior
ya había
oscurecido.

XXVI

Rostros
líquidos
Apresuran el día
al grisáceo olor
de la noche.

XXVII

Estrellas
lugar
Donde
la música guarda
melodías
secretas.

XXVIII

En la noche
en el fuego de su euforia
Un caballo
lava sus cascos
En el vapor
de una guerra
que sueña.

XXIX

En el refugio
de la luna
Donde guardas
tu cuerpo
te buscas.

XXX

Conduce tus pies
por el día
Alumbra tus gestos
Deja una rosa
en la tarde
Y no será
triste la noche.

XXXI

Con su cántico de luz
El amor
anula el dolor.

XXXII

Abrazada
a tus ojos
Una rama de sueños
te trae aromas
De ese paisaje
que amas.

XXXIII

No busques
en las cenizas
Todavía
hay esperanza
en esta tarde
herida de alacranes.

XXXIV

En el sueño
Tus brazos
eran ramas extendidas
Y alegría
de los pájaros
En el viento
en sus batidas campanas
hubo vuelo en el alba.

XXXV

¿Qué sílaba
buscas en el árbol
pájaro carpintero?
¿Qué palabra
se te extravió en la madera?
Que decidido
Golpe a golpe
Construyes
El laberinto.

XXXVI

Déjenme aquí
Dijiste
Detengan la guerra
Que mi corazón arde
En este silencio
En estas piedras
Del recuerdo.

XXXVII

A más altura
más horizonte
Cuidado
que el afán
oscurece.

XXXVIII

De repente
en un instante
el poema
Como la autonomía
de la luz
Que aviva lo dormido.

XXIX

Si volvieran a ti
los camellos
Conocerías
la arena
que baña
este desierto.

XL

La noche guarda
el dolor
en los huesos
del que calla
El silencio espera
el blanco instante
de la expresión.

XLI

Hay palabras
Selladas
Cerradas
como una ventana
Esperando
una llave
blanca.

XLII

Como una hoja
oscura
El gato
mira la leche
sobre el mueble.

XLIII

Hondero
Enciende
el aire
con tu piedra
Y pese en la cúspide
tu victoria.

XLIV

Escuchar
El silencio
Es escucharlo
En el sereno
Movimiento
Del colibrí.

XLV

Cielo
y montañas
Mar
y llanuras
¿Dónde
acomodar
el corazón
para contar
las estrellas?

XLVI

Todo
Termina
Y en abismo
La mentira.

XLVII

Subir
o bajar
Efecto
y consecuencia
Mas sube
en luz
para que no bajes
en oscuridad.

XLVIII

No hay ausencia
El espejo
retuvo
tu rostro
que ríe
a vidrio lleno.

XLIX

Has despertado
Y como el viento
buscas camino
A tu edad
Un horizonte
te asusta.

L

Mayo
No es una mujer
Es un mes
Que ahora
es una noche
que ríe como
un día.

LI

Los espejos no duermen
Duplican los cuerpos
La desnuda sombra
La soledad de los muebles
La seda apacible
de la alfombra
Los espejos no duermen
En frío silencio contemplan
el corazón despierto
por la mañana.

LII

Ojo de la espada
¿Cómo callar
tu música
cuando sueltas
tus agujas?

LIII

Bajo el sol
Espada decidida
y sedienta
Nombro desierto
tus piedras
calcinadas.

LIV

No vinieron
Angustiados
quedaron allá
En el silencio de las púas
Donde el rostro
y la cicatriz
es sueño y tormenta.

LV

Con los ojos limpios
Disfruta
el corazón
El resplandor
del fruto.

LVI

No es suficiente
lo que se observa
Hay un todo
En lo que se espera
Una luz
Nuevas lluvias
Blancas conquistas
A la altura
De las sílabas del ensueño.

LVII

Al que sueña
No es el abismo
El que lo llena
Es la montaña
Es la luz crecida dentro
Que le habla.

LVIII

En el paisaje
todo es natural
El verdor tiene su esencia
La quietud que florece.

LIX

Rojo martillo
que golpea allí
donde las hojas
se estremecen
Tiempo que nace
Piedra que vence
Ese miedo palpitante.

LX

La tarde es una lámpara
que derrama
su canto
su sol
su piedra
En su profunda caída
la noche toca
con sus dedos
las puertas.

Dagoberto Guerra Yepes

Docente, poeta, escritor y pastor. Miembro fundador de la Unión de Escritores de Sucre. Tallerista permanente de lectura crítica y escritura creativa. Asesor de trabajos académicos. Libros Publicados: Fuego de Luna (Poemas, 2002) y Otras formas de nombrar el silencio, libro de poemas ganador del Portafolio de Estímulos Confín Artes 2020 del Fondo Mixto de promoción de la Cultura y las Artes de Sucre, Colombia. Además de otras publicaciones.

Otros reconocimientos literarios: Tercer Puesto Concurso Nacional de Poesía Casa de la Cultura de Guatapé, Antioquia 1990.

Tercer Puesto Concurso Nacional de Cuento Tiempos Nuevos Sincelejo, 1990.

Mención de honor Concurso Nacional de Poesía Café Literario Vargas Vilas, Sandiego Cesar, 1990.

Reconocimiento por parte de la Gobernación de Sucre, 2006.

Finalista Concurso Nacional de Poesía Editorial Zenú, 2015.

Tiene varios libros inéditos de poesía y narrativa.

Para contacto con el autor

Poeta Dagoberto Guerra Yepes
dagobertoguerra33@hotmail.com

Made in the USA
Columbia, SC
25 November 2022

70524916R00045